KB065594

문학과지성 시인선 485

빈 배처럼 텅 비어

최승자 시집

문학과지성사

문학과지성사에서 펴낸 최승자의 시집

이 時代의 사랑(1981)
즐거운 日記(1984)
기억의 집(1989)
내 무덤, 푸르고(1993)
쓸쓸해서 머나먼(2010)

문학과지성 시인선 485
빈 배처럼 텅 비어

초판 1쇄 발행 2016년 6월 16일
초판 11쇄 발행 2024년 12월 2일

지 은 이 최승자
펴 낸 이 이광호
펴 낸 곳 ㈜**문학과지성사**

등록번호 제1993-000098호
주   소 04034 서울 마포구 잔다리로7길 18(서교동 377-20)
전   화 02)338-7224
팩   스 02)323-4180(편집) 02)338-7221(영업)
전자우편 moonji@moonji.com
홈페이지 www.moonji.com

ⓒ 최승자, 2016. Printed in Seoul, Korea

ISBN 978-89-320-2871-2 03810

이 도서의 국립중앙도서관 출판예정도서목록(CIP)은 서지정보유통지원시스템 홈페이지
(http://seoji.nl.go.kr)와 국가자료공동목록시스템(http://www.nl.go.kr/kolisnet)에서
이용하실 수 있습니다. (CIP제어번호: CIP2016013752)

문학과지성 시인선 485

빈 배처럼 텅 비어

최승자

시인의 말

한 판 넋두리를 쏟아놓은 기분이다

2016년 6월
최승자

빈 배처럼 텅 비어

차례

시인의 말

빈 배처럼 텅 비어

내 손가락들 사이로
내 의식의 층층들 사이로
세계는 빠져나갔다
그러고도 어언 수천 년

빈 배처럼 텅 비어
나 돌아갑니다

하루나 이틀 뒤에 죽음이 오리니

하루나 이틀 뒤에 죽음이 오리니

지금 피어나는 꽃 피면서 지고

하루나 이틀 뒤에 죽음이 오리니

지금 부는 바람 늘 쓸쓸할 것이며

하루나 이틀 뒤에 죽음이 오리니

지금 내리는 비 영원히 그치지 않을 것이며

하루나 이틀 뒤에 죽음이 오리니

하루나 이틀 뒤에 죽음이 오리니

살았능가 살았능가

살았능가 살았능가
벽을 두드리는 소리
대답하라는 소리
살았능가 죽었능가
죽지도 않고 살아 있지도 않고
벽을 두드리는 소리만
대답하라는 소리만
살았능가 살았능가

삶은 무지근한 잠
오늘도 하늘의 시계는
흘러가지 않고 있네

나 여기 있으면

나 여기 있으면
어느 그림자가
거기 어디서
술을 마시고 있겠지

내가 여기서
책을 읽고 있으면
까부러져 잠들어야만 하는
어느 그림자가
내 대신 술을 마시고 있겠지
한 열흘 마시고 있겠지

나는 있지만

나는 있지만
바람 지면 없어지고
나는 있지만 있지만
바람 지면 사라지고

(먼 산 위 길을
흰 도포를 입은 누군가
지팡이를 짚고 걸어가고 있다)

한 세기를 넘어

한 세기를 넘어 비가 오는데
나는 주야장천 누워 있기만 했는데
노자가 흘러가고 장자가 흘러가고
나는 주야장천 누워 있기만 했는데
한 세기를 넘어 비가 오는데

(욕망들이 흐려져간다
나의 밤들은 모두 서쪽으로 기울고
80을 여든이라고 나는 쓴다)

세계의 끝에서

세계의 끝에서
슬픔 한 자락을 접는다
어느 먼 허공,
그 너머 허공에서
바람이 지고
하늘 虛 그 너머 그 너머로
새 한 마리 건너 뛴다

따듯한 풀빵 같은

하늘의 바람을 불게 하는 자는 누구인가
누군가 운명을 주고 누군가 운명을 건네받는다
이 운명은 누가 주는 것인가
따듯한 풀빵 같은 그러나 끝내
먹지는 않고 손에 쥐고 있을
따듯한 풀빵 같은 이 운명은
누가 내게 주는 것일까

앵앵이노

앵앵이노 앵앵이노
세월이 지나간다
앵앵이노 앵앵이노
세발자전거 타고
세월이 지나간다
허공무한의 세월이 지나간다
이빨 빠진 내 청춘도 지나간다
앵앵이노 앵앵이노

슬픔을 치렁치렁 달고

슬픔을 치렁치렁 달고
내가 운들 무엇이며
내가 안 운들 무엇이냐
해 가고 달 가고
뜨락 앞마당엔
늙으신 처녀처럼
웃고 있는 코스모스들

아득히

아득히 먼 과거인지
아득히 먼 미래인지
내 *始源痛*은 어디에
매달려 있는지 몰라
하루 울고 이틀 울고
사흘 울어도 그것을
난 몰라 가이없게도
더욱더 깊이 침몰해가는
배 한 척이 있을 뿐

어느 날 나는

하늘이 운다
구름이 운다
일생이 불려가고 있다

어느 날 나는
마지막 저녁을 먹고 있을 것이다

한 마리의 떠도는 부운몽

정신과 병동에서
또 고장난 하루가 펼쳐진다
세상은 흘러가겠지
넋 놓고 세월은 흘러가겠지
하루하루 바보 같은
나날이 지나가겠지

(나는 지금 한 마리의
떠도는 부운몽이올시다)

시간은 흐리멍덩

시간은 흐리멍덩
이렇게도 지나가고 저렇게도 지나간다
시간은, 고래로부터의 역사적 시간은
모두가 구름들일까
시간은 흐리멍덩
이렇게도 지나가고 저렇게도 지나간다
우리의 꿈들도 그렇게 흐리멍덩하게 지나간다

그것이 인류이다

리어카 위에 헐값으로 팔려가는 노자왈 장자왈
슬픈 자들은 슬픈 자들끼리 잔치를 벌이고
그 위에 마음의 얼룩들 슬픈 지도가 그려지고
아이쿠 난국이야 난세가 꾸역꾸역 밀려오는구나
설상가상 그 위에 또 눈 오고 비 오리라
그것이 인류이다

죽은 하루하루가

죽은 하루하루가 쌓여간다
미(美) 추(醜)도 각기 몽당연필
인류여 코메디여
하늘의 퉁소 소리는
대지의 퉁소 소리와는 다르다
(나만 빙긋이 웃는다 왜냐하면 미쳤으므로)

텅빈 빛의 한가운데서
영원히 잠만 자고 있다면

어느 봄날

어느 봄날
모르는 사람들로 가득 찬 세상
사람들의 얼굴에서 흘러나오는 풍경들
세월이 자욱하다
하늘의 정치학이 아득하다
별들만 바람에 나부낀다

(숨어 살 왕국이 필요하다)

당분간

당분간 강물은 여전히 깊이깊이 흐를 것이다
당분간 푸른 들판은 여전히 바람에 나부끼고 있을
것이다
당분간 사람들은 각자 각자 잘 살아 있을 것이다
당분간 해도 달도 날마다 뜨고 질 것이다
하늘은 하늘은
이라고 묻는 내 생애도
당분간 편안하게 흔들리고 있을 것이다

마음에 환한 빗물이

마음에 환한 빗물이 떨어지니
오륙도가 거기구나
빗물이여 바다여 섬이여
누군가 한 세기를 건너 뛰고 있구나

우연인 양

우연인 양 그냥 흘러가라
세상은 넓고 깊다
장자를 먹으면 배가 불뚝해지고
노자를 먹으면 배가 도로 허해진다

우연인 양 그냥 가라
하늘은 넓고 깊다
그대는 다만 바다처럼 바다처럼
미소만 지으면 그뿐이다

玄同

神 할애비가 홀로
道를 배우고 있었을 적에
허공은 音들로 가득 차 있었다

오늘 아침엔 내 작은 창가에도
까치와 푸른 나뭇잎들이
내 생애에 한 音을 더해주고 있다

이 세상 속에

이 세상 속에
이 세상과 저 세상
두 세상이 있다
겹쳐 있으면서 서로 다르다
그 홀연한 다름이 신비이다

모든 사람들이

모든 사람들이 그러나저러나의 인생을 살고 있다
그래도 언제나 해는 뜨고 언제나 달도 뜬다
저 무슨 바다가 저리 애끓며 뒤척이고 있을까
삶이 무의미해지면 죽음이 우리를 이끈다
죽음도 무의미해지면
우리는 虛와 손을 잡아야 한다

미래의 어느 뒤편에선가

어떤 사람은 스승으로 불려 날아다니고
어떤 사람은 제자로 불려 날아다니고
허공 가득 이 이름들 저 이름들
자본주의 수정 자본주의 민주주의 공산주의 복지
국가
이 카스트 제도 저 카스트 제도
쉬임없이 날아 다니는 온갖 부운몽들
그 허공 위로 아직도 올 카스트 제도들
아직도 올 부운몽들이
미래의 어느 뒤편에선가 뒤끓고 있다

虛 위에서 춤추는

老子는 다만 도덕경을 썼을 뿐
(그리하여 도덕경이 있을 뿐)
따스한 햇살 아래 돌담길을 돌아가는
저 늙은이보다 더 나을 것은 없다
老子도 늙은이도 있는 세계는 有의 세계이고
老子도 늙은이도 없는 세계는 無의 세계이다
그러나 우리는 지루한 虛로서의 세계 속에서
살기 때문에 비로소 아름다움을 되찾으려 애쓴다
虛 위에서 춤추는 有의 아름다움
아름다움은 무상이니 더 가져가라

무제

"천지도 하나의 손가락"*이어서
무엇으로 그것을 설명해야 하나
"만물도 하나의 말〔馬〕"*이어서
무엇으로 그것을 설명해야 하나
나는 나 아닌 어떤 것으로
나를 설명해야 하나
오늘은 구름들이 북쪽으로 흘러간다

* 장자의 〈제물론〉에서.

나 쓸쓸히

나 쓸쓸히, 세계를 버렸었으나
나 쓸쓸히, 우주와 새로이 악수했었으나
나 쓸쓸히, 세계와 우주가 잊혀져가는
늦정원 안 다 늙은 사과 한 알 속의,
나 쓸쓸히, 나에게도 아득히 낯선
한 마리의 애벌레

(슬픔의 효이 없으면 기쁨의 음악은 울릴 수가 없다)

세계는

세계는 왜 이리 애달플까
시간을 기다린다는 일 그 한 중간에서
나는 문득 보네 이 세계 너머의 세계를
나는 그 세계를 힐끗 바라보지만
나는 이미 가고 또 간 자(者)여서
허한 의문들로 가득 차
기다리고 또 기다리네
그 기다림에는 끝이 있을 것이네
얇고 얇은 이 세계 너머의 그 세계도
이미 닳고 닳은 것인지 혹은……
코스모스 두어 송이 알지 못할 대답처럼 흔들리네
사랑했던 그대여 나는
세계와 그 너머의 세계에 대해
아주 잠시 생각해보았던 것일 뿐이네

그림자 같은 남자

그림자 같은 남자 하나 걸어간다
복사꽃 꽃잎이 꿈결 같다
어느 먼 곳에서
누군가 누군가의 이름을 부른다
때도 한식경이니
돌아가 밥 먹을 준비를 하자
어디서 노자 왈 장자 왈이 꿈결처럼 흘러가고
멍하니 푸른 하늘도 따라 읊조린다

내 존재의 빈 감방

내 존재의 빈 감방
푸른 하늘이 떠 있지 않나요
갇혀진 감방이 아니에요
바람으로 구름으로 통하는 감방이에요
그런데도 감방은 감방이로군요

내 존재의 빈 감방
푸른 하늘이 떠 있지 않나요
갇혀진 감방이 아니에요

(바라미 구르미 멍청히 흘러간다)

알았던 사람들만이

알았던 사람들만이 알았던 하늘
역사여 어리석음이여
하늘이 무뇌아처럼
고개를 제대로 가누지 못하네

흰 나비 꿈을

흰 나비 꿈을 꾸었네
하늘은 빈 하늘이었네
강 갯가에서 한 아이 울고 있었네
그 풍경 위로 다시 흰 나비 한 마리
날고 있었네

(세계사가 우지끈 지끈지끈
아이구 골 아파라)

오늘도 새 한 마리

오늘도 새 한 마리 포르르 날아가고
입춘 우수 경칩 춘분 청명 곡우 입하 소만
수많은 春秋여

아득히 하늘이 저 혼자 푸르를 적에
땅에는 그 많은 시간의 물량이 쏟아져
흥건해지고 기어가도 기어가도
세상 春秋는 변함이 없더라
그 모든 역사가 허탕이더라

하루 종일

하루 종일 군시렁거리는 구름들만 바라본다
시간은 무의미를 겨냥하는 것일까
맑은 슬픔
진짜 혁명이 안 되는 이유는
우리들의 너무 많은 이기심 때문이다
그러나 천국은 혁명 없는 혁명

나는 하루 종일 군시렁거리는 구름들만 바라본다

과거를 치렁치렁

과거를 치렁치렁 울리면서
한 여자가 지나간다
과거만으로 살아 있는 여자
기억과 추억의 형성물인 여자
교묘한 밧줄들과 같은
온갖 차이와 구분의 족쇄를 차고
한 여자가 지나간다

그 뒤로 안개의 스크린이 내려진다
세기여 세기여,
안개의 스크린이 내려진다

오늘 하루 햇빛 빛나는구나

유령들의 鐵공장 쇳소리들
外物들에 기대어 울고 있는 그대
外物들을 뛰어넘어라
오늘 하루 햇빛 빛나는구나

문명은 이젠

문명은 이젠 엎질러진 물이다
쓸어 담기가 힘들다
죽으면 천국이고 천국은 다른 나라
소리 없는 혁명이 이미 일어났던 곳

이곳에서는 다만 시간이 멍멍하다
이곳에서는 다만 시간이 자욱하다

환갑

제 나이도 모르던 아이가
환갑을 맞아 그걸
잊지 않으려 애쓰는 모양이
더 아이 같다

(어느 날 죽음이 내 방 문을 노크한다 해도
읽던 책장을 황급히 덮지는 말자)

타임캡슐 속의

물처럼 밍밍한 시간이 흘러간다
멍한 세월이 지나간다
허공엔 언제나 붙잡을 수 없는 구름들
지상엔 언제나 나무들만 흔드는 바람
넓은 바다는 넓은 바다
깊은 江은 깊은 江
물처럼 밍밍한 시간이 흘러간다
멍한 세월이 흘러간다

타임캡슐 속의 이 편안한 잠이여

살다 보면

살다 보면 때로는 봄이 오겠지
때로는 낯선 대양(大洋) 하나 새로 생기겠지
질펀한 절망 속에서도
오렌지 같은 희망은 있겠지

불러도 불러도
대답을 하지 않을 때
그래도 살다 보면 때로는 봄이 오겠지
어디서 낯선 대양 하나 새로 생기겠지

들판에서 보리와 밀이

지식과 지식이 싸울 때
自然 소외는 한없이 깊어지고
역사는 흙탕물이 되어 흘러간다
죽으면 땅의 지식은 필요가 없고
하늘의 지식이 필요하다
그 잘난 지식들을 얼굴에 달고 다니는 사람들
들판에서 보리와 밀이 웃더라

저기 지식을 구걸하는
한 무리의 동냥아치들이 지나간다

나의 생존 증명서는

나의 생존 증명서는 詩였고
詩 이전에 절대 고독이었다
고독이 없었더라면 나는 살 수 없었을 것이다

세계 전체가 한 병동이다

꽃들이 하릴없이 살아 있다
사람들이 하릴없이 살아 있다

죽은 시계

나는 죽은 시계
세계가 노자 時 장자 分에 멈춰 있다
장자가 無라면 노자는 虛다
장자가 소설가라면 노자는 시인이다
꽃잎들이 흘러가는 강물처럼 보인다

삶이 후드득

삶이 후드득 떨어진다
더욱 빛나지 않는 강물이 되리라

흐린 하늘 너머 부운몽 몇 편이
슬며시 고개를 갸우뚱거린다

詩는

詩는 共有의 하늘에서 오는 것
詩는 사회적 江물
詩는 새들이 하루 종일 마시는
몇 모금의 물

하늘, 하늘님, 구름 두어 그루

육개장은

육개장은 파(派)를 이루지 않아도
지식인 冊들은 파를 이룬다
잘 흘러가지 않는 돌덩이들을 이룬다
文明의 돌 자갈밭을 이룬다

(할 말이 없어
돌을 씹고 있는 중이다)

쓸쓸한 文明

인간은 사회적 동물을 벗어나야 한다
그것이 노자와 장자의 말씀이다
혁명은 제3차원적인 사회밖에 모르는
사람들을 위한 희비극적 풍경이다
"인간은 생각한다 고로 존재한다"가
그 풍경의 한 철학적 극치이다

낯가리고 울다 웃는 이 文明의 본성

쓸쓸히 한 文明이 걸어가고 있습니다
초월이 있을까요

(우리 모두가 시들어 떨어져도
허공 속엔 여전히 바람이 불어가고 있겠지요)

얼마나 오랫동안

얼마나 오랫동안
세상과 떨어져 살아왔나
"보고 싶다"라는 말이 있다는 것을
오늘 처음 깨달았다
(아으 비러라
이 날것들의 生)

구름이 우르르 서쪽으로 몰려간다

또 하루가 지나가고

해와 달 그윽했으나
또 하루가 지나가고
헤매던 내 그림자
슬며시 어디로 사라졌나

내일 햇님이 떠오르기 전에
잃어버린 내 그림자를
다시 붙여놓아야겠다

TV를 보면서

"식물의 왕국"은 없고
"동물의 왕국"만 나오는 TV를 보면서
인류는 人類였던가
하나가 하나를 울리면서
둘이 뛰어간다
(인류의 깊은 무의식과 얇디얇은 유의식)

세상 위 백지에다

세상 위 백지에다
詩 한 구절을 적어놓으니
"영원이라 할 만큼 오늘 그대는 가득하다"
(하늘이 문득 웃을 듯 웃을 듯)

가봐야 천국이다

이리 불리든 저리 불리든
가봐야 천국이지
하늘님도 때로는
나쁜 날씨에 감기가 드는
가봐야 천국이지
그리고 천국에서는
가봐야 가봐야
더 천국도 없다
그래서 그곳이
한없이 이쁜 천국이다

그 언행도

그 언행도 훔친 것이다
만든 것이다
거기에 그대의 역사가 과거와 현재가 있다
그 언행이 다른 언행에게
슬쩍슬쩍 말을 걸어 작당질을 하여
고급 운동권들과 카스트 제도들을 만들어낸다
人爲는 우리 모두를 지치게 만드는 족쇄들이다

우리는

우리는 쩍 벌리고 있는 아구통이 아니다
우리는 人도 아니고 間도 아니다
우리는 별다른 유감과 私感을
갖고 사는 천사들일 뿐이다
우리가 천사처럼 보이지 않는 것은
세상 환영에 속아 살고 있기 때문이다

가다 가다가

가다 가다가 또 빠져서
삶이 죽음이라고 죽음이 삶이라고
우기는 내가 있습니다
초월이 아직도 금시초문이라
그렇게 중얼거리는 내가 있습니다

(지나가는 소리를 잘 들으려면
고요해져야 한다
바람의 전언은 쉽게 잡히지 않는다)

내 정신의 암울한 지도

나는 저 사람의 낮과 밤을 모른다
그의 머리 위에서 해가 빛났었는지
달이 빛났었는지 나는 모른다

나는 저 사람의 낮과 밤을 모른다
대영제국의 낮과 밤은 알아도
송나라 당나라의 낮과 밤은 알아도
나는 저 사람의 낮과 밤은 모른다

(그는 안경을 끼고 다니고
늘 팔짱을 끼고 다닌다)

꿈결

이런 꿈결 저런 꿈결
이성적 꿈결 정서적 꿈결
지상적 꿈결 천상적 꿈결
쉬임없이 꿈들이 흘러간다
하늘 구름들이 흘러가듯

아쌈블라 똥쌈블라
갈 곳 없는 부운몽들의 흐름이여

나는 항상

나는 항상 나를 탈출한다
그러나 결코 벗어나지 못한다
가장무도회
슬픔을 가장하고 기쁨을 가장한다
이 무슨 세계인지
덜그럭거리며 또 돌아갑니다

내 집이 태산 아래 지은 큰 집이라면……
누군가 홀로 눈물 지으며 노래합니다

우거지 쌍통 같은

우거지 쌍통 같은 歷史여
이제는 물러가련
웬 역사들이 내 몸통을 둘러싸고
이리도 가렵게 만드나

존재는

존재는 虛다
존재는 無가 아니라
無虛가 아니라
虛無가 아니라
존재는 虛다

(無 속에서 살아 있음이여
살아 있음이여)

수천 리 말을 몰아 그곳에 닿았더니
허공에 티끌 하나
오호라 세월이었노라
(하늘 무한, 아름다운 虛 덤덤)

내 죽음 이후에도

내 죽음 이후에도 新生 햇빛이 비친다는 것을
안다는 사실 그것이 始源病이다
不立文字 하나 일어선다
지나간 것들은 다 잊어버려라
세계라고 말하지 마라
세계 위에 또 세계인
하늘이 있다고만 말하라

아이는 얼마쯤 커야 할까

가슴에 한 아름 꽃을 안고 있으려면
아이는 얼마쯤 커야 할까
날마다 아이는 팔을 벌려 연습을 한다
아이는 무슨 꽃을 꿈꾸는 것일까
아이는 어쩌면 始源病을 앓고 있는지도 모른다
어느 날 가슴에 한 아름
풀꽃을 안고 서 있을 꿈을 꾸면서

시시한 잠꼬대

우리는 事物이 아니다
사물의 꿈을 꾸다가 나는 지쳤다
내가 잠꼬대를 하는군
두 팔이 강물보다 길어졌어
무서운 꿈에 시시한 잠꼬대

아득한 꿈결처럼 죽음이 왔었으나
나 떠난 지 어언 백년 천년이 지났으나
아직도 무서운 꿈에 시시한 잠꼬대
쉬고 싶어 두 팔이 강물보다 더 길어지는걸

이런 詩는

이런 詩는 이런 데 좋고 저런 詩는 저런 데 좋고
그냥 한 하늘이 걸려 있을 뿐
詩 좋고 바람 하나니
사람들의 온갖 마음들은
그저 구름처럼 스쳐 지나가시라
해 밝을 때 부는 바람처럼
가난한 집 처마 밑에 또닥거리는 빗줄기처럼
과거와 현재를 풀어주고
그리하여 미래를 풀어주기 위하여

죽으면 영원히

죽으면 영원히 잠조차 없는 잠
그러나 누군들 쉬어가고 싶지 않으랴
잠조차 없는 잠도 잠시 쉬어감일 뿐
영원한 잠은 없다

(나는 너무도 하늘나라에 물들었다)

영화에서

영화에서 한 여자가 총을 쏜다
상심한 한 시대가 흔들린다
상심한 한 세계가 흔들린다

나 없이도 세계사는 흘러갈 것이고
나 없이도 신비주의는 흘러갈 것이다
무한 공허 무한 공허

우리 조상님들이

우리 조상님들이 천국에 入國했을 때
바람이 불고 나뭇잎들 흔들리고
꽃들이 수런거렸겠지
꼬마들아 이제 왔니 어디서
나팔 방송 들리고
바닷물도 들썩거렸겠지
이런 꿈을 꾸고 있는 나는
산 것인가 죽은 것인가
꿈을 꾸고 있는 중에 또 꿈을 꾸고 있는 것은 아니
겠지

너는 묻는다

너는 묻는다 언제냐고
나는 대답한다 모른다고
확실한가 안 확실한가
나도 모르고 너도 모른다
내일이 올지 안 올지
나도 모르고 너도 모른다
너는 눈을 떨군다

수세기의 바람이 그냥 불어간다
수세기의 눈〔雪〕이 그냥 잠잠하다

꽃들이 파랗더라

꽃들이 파랗더라
내가 살아 있다는 것은 정말일까
꽃들이 파랗더라

이 주야장천 긴 날에
꽃들이 파랗더라

나의 임시 거처

나 없이도 계속될
억겁의 시간을 생각해보면
나는 한 마리의 쉬파리이다

이리 날다 저리 날다
이리 불리다 저리 불리다
나의 임시 거처인
21세기로 되돌아옵니다

나

세계에 코를 박고 있는
구름 한 장

세계 너머에 한눈을 팔고 있는
바람 한 겹

한 그루의 나무가

한 그루의 나무가 미풍에 흔들리는 것을 바라보며
한 사람이 죽어가고 있다
죽어서 천당 가는 것을 행복하게 여겨라

하염없이 비루먹은 한 생애가 걸어가고 있다

나는 벽만 바라보고 있구나

혁명은 인류의 낡은 꿈
이미 잊혔어야 할 꿈

삭막하다 막막하다
사회적 고통 없이는 존재 감각을
못 느끼는 저급한 동물이 인간이다

(나는 벽만 바라보고 있구나)

나는 육십 년간

나는 육십 년간 죽어 있는 세계만 바라보았다
이젠 살아 있는 세계를 보고 싶다
사랑 찌개백반인 삶이여 세계여

창문을 여니 바람이 세차다

우리가 살고 있는 것이

하루 종일 곡선만 그리다
우리가 살고 있는 것이
죽음이더냐 삶이더냐

바다 위에 내리는 흰 눈〔雪〕

나는 깊은 산중으로 달아난다

더욱더 虛한 하늘 속으로
코스모스 향기가 점점이 흩어진다
낯설은 저녁,
누군가 大道無問이라고 중얼거리고
문득 비껴 날아가는 새 한 마리

(나는 깊은 산중으로 달아난다
그림자를 끊어버려라)

죽음은 한때

죽음은 한때 나의 추운 그늘이었거니
오늘 햇빛 쨍한 날
바깥 침상 위에 목침 베고 누워
푸른 하늘 환히 바라본다

그리하여 문득

그리하여 문득 시간이 끝난 뒤
허공을 불어가는 고요한 바람 소리
붙박이 별도 떠돌이 별도 사라진 뒤

그리하여 모든 시간이 끝난 뒤에

내일의 유리창을 또 누가 닦을 것인가

하루가 열렸다 닫히고
또 하루가 다시 열렸다 닫히고
비트겐슈타인의 "말할 수 없는 것에 대해서는
말하지 말며"는 장자의 혼돈 이야기였다

내일의 유리창은
또 누가 닦을 것인가

군밤

하루 묵혀
이틀 묵혀
오늘 밤에는
군밤이 잘도 익는구나

아침이 밝아오니

아침이 밝아오니
살아야 할 또 하루가 시큰거린다
"나는 살아 있다"라는 농담
수억 년 해묵은 농담

비가 온다

비가 온다
내가 두고 온 과거에도 비가 내린다
과거를 되뇌이는 도루묵 다시 또다시
완전 추락 엎치락뒤치락

비가 오고 있다
파리에도 런던에도 비가 올까
어느 허공에선 고요히 바람이 불어가고 있겠지

(세상을 떠나니 허공 한 자락이구나)

오늘 하루 중에

오늘 하루 중에 네가 한 일이 무엇이냐
마루 아래 댓돌 위에
흰 돌 검은 돌

문득 눈 들어 보니
푸른 산 흰 하늘

어디선가 새 한 마리 푸드득 날아오른다
한 千年이 고요히 출렁거린다

부엉이 이야기

병실 안,
옆 침상 아줌마가 말하길
"양식 없다 부엉
내일 모레 장이다 부엉"

끓어 넘치는

끓어 넘치는 현존의 거리,
떨쳐버린 지 이미 오래
마음의 텃밭에는 시들은 감나무 한 그루,
그것도 이미 오래전에 과거

이미 나는 허허벌판 위의
흰 허공 속에서 살고 있다

문득 시간이

기호들 위에 떠 있는 이 세계
아득한 문명의 종말

역사를 나는 歷史라는 말로 종료한다

문득 시간이 툭툭 끊어진다

月은 술에 취해 흘러가고

月이 술에 취한 채 분장을 하고 나온다
그녀의 치마폭은 넓고 깊다
月下 무지몽매의 세월이 바스락거린다
달은 소리 없이 하늘의 긴 江을 건넌다

(달은 술에 취해 흘러가고
내 그림자는 쓰러져 운다)

또 하루가 열리고

또 하루가 열리고
돌담 곁 수국화가
고개를 떨군다

(죽음은 안녕하였느냐)

무채색의 죽음 하나
떠내려가고 있다

숨죽인 깊은 밤

숨죽인 깊은 밤
뱃사공 하나 빈 하늘을 노 저어 간다
그는 神일런지도 모른다

슬픔이 새어 나와

슬픔이 새어 나와 내 영원을 적시네
회색 하늘 속으로 가까이 더 가까이
이 무슨 슬픔이 새어 나와
내 영원을 적시네

모국어

누구에게나 모국어는 슬픔의 제사상

내 詩는 당분간

너의 존재를 들키지 마라
그림자가 달아난다

(내 詩는 당분간 허공을 맴돌 것이다)

우리 시대의 유일무이한 리얼리스트

김 소 연
(시인)

 시인 최승자는 잘 알려져 있다. 이성복, 황지우와 더불어 시의 해체를 도모한 삼인방으로 잘 알려져 있고, 그 누구보다 독하고 끔찍한 시를 온몸으로 썼던 시인으로 잘 알려져 있고, "정신분열증"[1]으로 인해 병원에서 지낸 세월이 태반이었던, 아슬아슬한 우리 시대의 시인으로 잘 알려져 있다. 불행한 시인의 대명사처럼 최승자를 인용했고, 문학에서 페미니즘을 논할 때마다 최승자를 여전사처럼 앞세웠고, 새로운 여성 시인에게서 독한 목소리를 발견할 때마다 '최승자'라는 어머니의 뒷줄에 세우고 '최승자처럼 쓴다'며 계보[2]를 매겼다.

---

1) 최승자, 『물 위에 씌어진』 시인의 말, 천년의시작, 2011, p. 7.
2) 이상희, 「사랑과 죽음의 전문가」, 『현대시세계』 1991년 봄호. 최승자

최승자가 쓴 시도 잘 알려져 있다. '아픈' 최승자의 '독한' 시를 우리는 잘 알고 있다. '이미 죽어 있다'고 말했던 최승자의 독한 탄식에 충격을 받았고 감동을 받았다. 그의 독한 어법은 사랑받았고 예찬받았다. 모든 예찬 속에서 진정한 승자처럼 보이는 최승자의 삶은 그럼에도 불구하고 점점 더 악화되어갔다. 널리 알려진 모든 것들이 그러하듯이, 최승자의 시는 실제로 읽히는 일보다 풍문으로 퍼져가는 일을 더 많이 겪었다. 실제로 읽힐 때에도 읽혀왔던 방식으로만 읽힐 뿐, 새롭게 읽히는 적은 드물었다. 그간 최승자에게 바쳐졌던 찬사들과 걱정들은, 그가 이 세계에 일체의 편승도 하지 않았다는 염결함에서 비롯된 것이었다. 그 염결함을 알아보는 이는 많아도, 그 염결함을 잘 이해하는 이는 많지 않았던 것 같다. 우리들은 최승자의 시세계에 전적인 탑승을 하지 않음[못함]으로써, 이 세계에 편승하고 있었던 우리의 염결하지 못함을 되려 염결하게 지키려 했던 것은 아니었을까.

와의 대담에서 이 여성 시인 계보 짜기에 대해 질문을 던지자, 최승자는 다음과 같이 대답했다. "최승자의 이름을 그런 식으로 사용하는 것이 나쁠 것은 없겠지요. 고맙기도 해요. 그러나 한편으로 생각하면 그것이 남성 평론가들의 쏩쓸한 분류가 아닌가 하는 생각도 듭니다. 남자 시인과 여자 시인이라는 단순한 구분에서 시작된 발상이라는 거지요. 〈좀 괜찮은 흑인이야〉라고 말하는 백인들처럼 말입니다."

사랑했던 그대여 나는[3]

김치수와 김현을 비롯한 많은 비평가들은 최승자 시의 키워드를 '사랑'이라고 파악했다. "미흡한 사랑을 통해서 확인하는 것은 〈존재의 쓸쓸함〉"이며, "이별의 아픔을 통해 진정한 사랑의 불가능을 겪은 경험"이며, "운명론적 불행"이라고 해석했다.[4][5]

> 잡탕 찌개백반이며 꿀꿀이죽인
> 나의 사랑 한 사발을 들고서,
> 그대 아직 연명하고 계신지
> 그대 문간을 조심히 두드려봅니다.
> ——「그대 영혼의 살림집에」부분[6]

> 나는 육십 년간 죽어 있는 세계만 바라보았다
> 이젠 살아 있는 세계를 보고 싶다

---

3) 최승자, 「세계는」 부분. 이번 시집 『빈 배처럼 텅 비어』에 수록된 시들은 별도의 출처 표기를 생략한다.
4) 김현, 「게워냄과 피어남 ── 최승자의 시세계」, 『젊은 시인들의 상상세계/말들의 풍경』, 김현문학전집 6, 문학과지성사, 1992, pp. 225~36.
5) 김치수, 「사랑의 방법」, 『이 時代의 사랑』 해설, 문학과지성사, 1981, pp. 92~93.
6) 최승자, 『내 무덤, 푸르고』, 문학과지성사, 1993, p. 54.

사랑 찌개백반인 삶이여 세계여

—「나는 육십 년간」 부분

　시인은 "나의 사랑"을 "잡탕 찌개백반이며 꿀꿀이죽" "한 사발"이라고 표현을 했었다. 치욕과 눈물과 회한과 욕설과 야유가 뒤섞인 "치정"[7]이야말로 사랑의 진짜 모습이 아니겠느냐며, 그 사랑의 진짜 모습이 연명 가능한 것인지 안부를 묻는 듯했다. 이번 시집에서는 "잡탕 찌개백반"이 "사랑 찌개백반"으로 변주되어 다시 사용된다. 예전에 시인은 나의 '사랑'을 "잡탕 찌개백반"이라고 표현하였으나, 이번에는 사랑까지 그 찌개 속에 포함시켜 "사랑 찌개백반"이라 하였다. 그 "찌개"를 이제는 "삶"이자 곧 "세계"라고 표현하고 있다. "죽어 있는 세계만 바라"보며 살아왔다며, "이젠 살아 있는 세계를 보고 싶다"고 말한다. 시인이 조우하고자 하는 것이 "그대" 혹은 "그대 문간"에서 "삶"과 "세계"로 변화했다. 이미 죽음 너머로 간 듯한 발화가 더 빈번하지만, 시인은 여전히 그리고 불현듯, 그것이 사랑이든 삶이든 세계든, "보고 싶다"고

---

7) 최승자는 "그래 그래 치정처럼 집요하게 우리는 / 죽음의 확실한 모습을 기다리고"(「나날」, 『즐거운 日記』, p. 24)라고 쓴 적이 있다. "그래 아드디어 이 시대. 이 세계. / 희망은 죽어 욕설만이 남고 / 절망도 죽어 치정만이 남은…… / 아아 너 잘났다 뿡!"(「말 못 할 사랑은 떠나가고」, 『내 무덤, 푸르고』, p. 27)이라고 쓴 적이 있다.

말한다.

> 얼마나 오랫동안
> 세상과 떨어져 살아왔나
> "보고 싶다"라는 말이 있다는 것을
> 오늘 처음 깨달았다
>
> ——「얼마나 오랫동안」부분

　무엇이 보고 싶은지, 누가 보고 싶은지에 대해서는 짐작만 할 뿐이지만, 현재 시인의 곁에는 하늘과 해와 달과 별과 구름과 비와 바람, 그리고 허공, 새 한 마리, 기다리고 있지만 찾아오지 않는 죽음, 노자의 도덕경과 장자의 제물론, "늙으신 처녀처럼/웃고 있는 코스모스들"(「슬픔을 치렁치렁 달고」) 정도가 전부인 것 같다. "정신과 병동"의, 극단적으로 표백된 삶 속에서 시인이 볼 수 있는 것들은 거의 없었을 것이다. 어쩌면 그렇기 때문에, 그토록 야유를 퍼붓던 "사랑 찌개백반인 삶"과 "세계"를 시인은 보고 싶어 하는 것 같다. 시인은 이전까지의 모든 시편들에서 "보고 싶다"는 표현은 거의 쓰지 않았다.

> 내 심장에서 고요히, 거미가
> 거미줄을 치고 있는 것을
> 나는 누워

비디오로 보고 싶다.

——「시인」부분[8]

자학이자 자학의 관음이자 자학의 유희라고 해석할 만한 이 괴이한 장면에서, 시인은 자기자신을 보고 싶다고 표현했었다. 시인이 이렇게 누워 있는 까닭을, "거미"가 아니고서는 자신의 "심장"을 그 누구도 방문하지 않을 것 같다는 좌절로 읽어야 할까. 이 구절 다음에 다음 시를 옮겨놓고 나란히 읽어보면 어떨까.

마지막으로, 실패한 한 남자 곁에

한사코, 실패한 한 여자가 눕는다.

——「문명」부분[9]

"마지막으로, 실패한"자 곁에 "한사코, 실패한"자가 나란히 눕는 일. 이것은 사랑의 진짜 장면이 아닌가. 낭만주의적 꿈도 아니고, 위악이거나 자학도 아니고, 에로스니 필리아니 아가페니 등으로 구분할 필요도 없는, 사랑하는 연인들만의 비밀한 실제 모습이 아닌가. 한 남자가 마지막 실패를 하고서 누워 있을 때, 필사적이고도 계속

---

8) 『즐거운 日記』, p. 88.

9) 『즐거운 日記』, p. 61.

적으로 한사코 실패를 거듭해온 한 여자가 곁에 가서 눕는 일. 최승자의 사랑은 이런 것이었다. "너는 날 버렸지,/이젠 헤어지자고/너는 날 버렸지"로 시작하여 "나쁜 놈, 난 널 죽여 버리고 말 거야/널 내 속에서 다시 낳고야 말 거야"를 거쳐서, "오 개새끼/못 잊어!"로 끝을 맺은 「Y를 위하여」[10]는 이 맥락에서 다시 읽혀야 할 것이다. "죽여 버리고 말"겠다는 말 뒤에 "다시 낳고" 말겠다는 말이 이어지고, "개새끼"라는 말 뒤에 "못 잊어"가 이어지는 시인의 도저한 사랑. 낙태수술 장면이 시로 씌어졌다는 충격으로만, 버림받은 여자의 살의로 가득한 악담으로만 읽혀서는 안 되지 않을까.

내가 기억하는 최승자는 "어떻게하면 너를 만날수있을까 어떻게달려야 항구가있는 바다가보일까 어디까지가야 푸른하늘베고누운 바다가 있을까"를 알기 위하여 "나는 기차화통처럼달렸다"라고 말할 줄 아는 시인이었다. 기차화통처럼 달리는 까닭에, 끊어 읽어 마땅할 부분에서만 띄어쓰기를 해야 했을 정도로, 숨가빴던 호흡을 헉헉대며 뱉어내던 시인이었다. "인생이 똥이냐 말뚝 뿌리 아버지 인생이 똥이냐 네가 그렇게 가르쳐 줬느냐 낯도 모르는 낯도 모르고 싶은 어느 개백다귀가 내 아버지인가 아니다 돌아가신 아버지도 살아계신 아버지도 하나님

10) 『즐거운 日記』, pp. 64~65.

아버지도 아니다 아니다/내 인생의 꽁무니를 붙잡고 뒤에서 신나게 흔들어대는 모든 아버지들아 내가 이 세상에 소풍 나온 강아지 새끼인 줄 아느냐"[11]며 일갈했던 시인이었다. 흔들리는 꼬리를 돌아보며, 그 "꽁무니" 뒤에서 나를 조종했던 이 세상의 모든 아버지들에게 이렇게 표독하게 일침을 놓았다. 이 시의 제목은 '다시 태어나기 위하여'다. 다시 태어나기 위하여, 아버지를 향한 저항을 훌쩍 넘어서서 훈계를 하고 있는 것이다. 이렇게 최승자는 여성이라는 주체가 얼마나 아프게 탄생되어야 했는지를, 사랑의 서사를 통하여 아픈 모습 그대로, 실패한 모습 그대로 드러냈던 시인이었다. 아버지를 초월한 여성, 남성의 타자가 아닌 주체로서의 여성, 여성으로 다시 태어나는 여성으로서 출생신고를 한, 우리 시대의 첫번째 시인이었다. 시인은 악을 쓰며 산고를 치르는 어미였고, 동시에 공포 속에서 태어나고 있는 아기였고, 동시에 아기를 받아 안던 산파였다. 혼자서 그렇게 태어났다.

살았능가 살았능가

일찌기 나는 아무 것도 아니었다.
마른 빵에 핀 곰팡이

---

11) 「다시 태어나기 위하여」, 『이 時代의 사랑』, pp. 20~22.

벽에다 누고 또 눈 지린 오줌 자국

아직도 구더기에 뒤덮인 천년 전에 죽은 시체.

— 「일찌기 나는」 부분[12]

시인이 1980년대부터 지금까지 줄기차게 붙들어온 '죽음'. 첫 시집의 첫 시에서부터 시인은 스스로를 "천년 전에 죽은 시체"였다고 말했다. 이 시의 2연에서 시인은 "아무 부모도 나를 키워 주지 않았"고 "쥐구멍에서 잠들고 벼룩의 간을 내먹고/아무 데서나 하염없이 죽어 가면서/일찌기 나는 아무 것도 아니었다"고 고백을 한다. 무엇을 위해서 이토록 위악이 묻어나오는 고백을 해야 했을까. 같은 시 3연에서 "나를 안다고 말하지 말라./나는 너를모른다 나는너를모른다./너당신그대, 행복/너, 당신, 그대, 사랑"이라고 고백하기 위해서였을 것이다. 그렇다면, "너, 당신, 그대, 사랑"이라는 "행복"들을 모른다고 말하는 이유는 무엇이었을까. 함부로 나를 사랑이나 행복으로 유혹하지 말라는 결벽이었을 것이다.

"이 詩集의 詩들 전부가 정신과 병동에서 씌어진 것들"[13]이라고 밝힌 일곱번째 시집에서 시인 김정환은 다음과 같이 써두었다: "그리하여 오늘 오늘 오늘/내가 죽

---

12) 『이 時代의 사랑』, p. 13.

13) 『물 위에 씌어진』 시인의 말, p. 6.

고"(「꿈에 꿈에」) 그딴 생각 정말 말고 들어다오. "하룻
밤 검은 밤", "죽지 말라고", "누가 자꾸 내 이름을 불러
주"던 그 목소리를. 그 목소리가 바로 더 미친 바깥 시인
들 목소리고 네 목소리다 승자야, 네 이름이 승자 아니더
냐."[14] 김정환의 이 간절한 요청을 들은 척도 안 하는 양,
이번 시집에도 '죽음'이라는 시어는 즐비하기만 하다.

> 살았능가 죽었능가
> 죽지도 않고 살아 있지도 않고
> 벽을 두드리는 소리만
> 대답하라는 소리만
> 살았능가 살았능가
>
> ─「살았능가 살았능가」 부분

가만히 들여다보면, 김정환의 우정 어린 요구를 받아
들인 것처럼 보이기도 한다. '살았는가 죽었는가'라고 쓰
지 않고, "살았능가 죽었능가"라고 쓰고 있기 때문이다.
발음되는 대로 받아적은 이 문장은 사투리 같기도 하고
신명 나는 노랫가락 같기도 하고, 익살스럽기도 하다. 제
목에서는 아예 "죽었능가"는 제쳐두고 보란 듯이 "살았
능가"를 두 번 반복한다. "살았능가 살았능가"는 "살았능

---

14) 김정환, 『물 위에 씌어진』 뒤표지글.

가 죽었능가"보다 한결 더 풍자적인 뉘앙스를 띤다. "살
았능가"를 두 번 적었기 때문에 얼핏 보면 삶 쪽에 치우
치려는 의지로 보일 수 있지만, 죽어버린 것을 되살리려
는 주술 쪽에 더 가까워 보이기도 한다. 이 말투를 구사하
면서 시인은 어땠을까. "죽지도 않고 살아 있지도 않"은
것 같은, "무지근한 잠"처럼 오래 지속되는 삶. "하늘의
시계"가 "흘러가지 않"는 것 같은 정지된 삶에 조금은 활
력이 생기는 듯했을까. "천년 전에 죽은 시체"라고 선언
했던 시인은 이 정지된 오래된 삶이 얼마나 지루했을까.
이 시집에 그토록 자주 등장하는 "바람"의 이미지만이 정
지된 것들에 미약하나마 활력을 주는 찰나를 만들고 있
다. 시인이 가장 반색하며 애용하는 시어가 겨우 '바람'이
라는 것을 우리는 어떻게 받아들여야 할까.

　　나의 생존 증명서는 詩였고
　　詩 이전에 절대 고독이었다
　　고독이 없었더라면 나는 살 수 없었을 것이다

　　세계 전체가 한 병동이다

　　꽃들이 하릴없이 살아 있다
　　사람들이 하릴없이 살아 있다
　　　　　　　　　　　　　　　　──「나의 생존 증명서는」 전문

"하릴없이 살아 있"는 것들이 꽃과 사람뿐이랴. 이번 시집에 따르면, 시간이 가장 하릴없이 살아서 지나가며, 계절도 강물도 그렇게 잘도 지나간다. "이곳에서는 다만 시간이 멍멍하다/이곳에서는 다만 시간이 자욱하다"(「문명은 이젠」). 병든 세계에서 병이 들어 하릴없이 살아 있는 자가, 살아 있는 것인지 아닌지 알기 쉽지 않은 자가 여전히 시를 써서 생존을 증명하고 있다. 살아 있기 때문에 가까스로 새로이 시를 쓴다.

최승자가 이끌었던 1980년대의 시는 "시적 화자라는 하나의 가면persona이 없어져 버렸"[15]던 것이 가장 주목할 만한 공통분모였다. "기존의 시적 관습보다는 자기 진술의 진실성에서 시적 감동의 근거를 마련하고자"[16] 했다. 이 민얼굴의 시들은 "진실의 추한 모습"을 드러낸 용기와 순수에만 가치를 둘 수는 없다. 발설된 추의 세계와 발설하는 자의 용감하고 아름다운 태도, 이 둘의 '격차'가 주는 충격이 최승자 시의 진짜 가치이기 때문이다. 이 격차에 관해서라면, 이 시집도 여전한 가치를 지닌다. 지독하고 치열했던 열기가 사라진 자리에 표표하고 괴이한 권태가 자리 잡은 것이 다를 뿐이다.

---

15) 이남호, 「진실의 추한 모습」, 『문학의 위족 1』, 민음사, 1990, p. 219.
16) 이남호, 같은 글.

그게 우리의 삶이라는 거지. 죽음은 시시한 것이야.

왜냐하면 우린 이미 죽어 있으니까.

—「서역 만리」 부분[17]

갖가지 퇴행을 겪으며 골고루 망가져가는 이 시대에 이르러서야, 이보다 정확한 직시가 또 어디 있었을까 싶다. 1990년대에 발언된 이 문장들을 두고 위악을 읽었을 수도 있었겠지만, 다시 꺼내 읽는 지금은 위악보다는 예감으로 읽히는 게 맞겠다. "실은 이미 죽었는데, 죽은 채로/전기의 힘에 의해 끊임없이 회전하며 구워지는", 노릇노릇한 통닭 같은 우리의 삶을 마치 미리 적어둔 것만 같다. 진술이 아니라 대화체를 구사한 서술어로 짐작해보았을 때, 누군가에게 말해주려 했던 것 같다. 누군가 들어주었으면 했던 것 같다. 죽었다는 것을 알고 있었던 시인은 그걸 알려주는 자가 됨으로써, 죽었지만 살아 있는 유일한 자로 남겨진 것은 아닐까.

죽은 하루하루가 쌓여간다

미(美) 추(醜)도 각기 몽당연필

인류여 코메디여

---

17) 『내 무덤, 푸르고』, p. 28.

하늘의 퉁소 소리는

대지의 퉁소 소리와는 다르다

(나만 빙긋이 웃는다 왜냐하면 미쳤으므로)

　　　　　　　　　　　　　　　　—「죽은 하루하루가」 부분

　시인이 괄호 속에 은닉해둔 위의 시구 "나만 빙긋이 웃
는다 왜냐하면 미쳤으므로"는 이 맥락에서야 더 잘 이해
가 된다. 비극보다 더 비참한 비극, 부정할 길 없는 비극
을 사는 2016년의 우리들에게, 최승자는 정확한 예감의
시인이었고 리얼리스트였다. 최승자는 탈피할 것이 아무
것도 없는 삶을 살았고, 탈피할 것이 없는 자만이 볼 수
있었던 것을 예감처럼 시로 써두었다.

우리가 천사처럼 보이지 않는 것은[18]

　최승자는 1952년에 충남 연기의 외갓집에서 태어났
다. 그리고 그곳에서 자랐다. 부모와 떨어져 외가에서 유
년기를 보냈다. 지금은 세종특별자치시로 편입된 금남면
에 있는 감성 초등학교에 입학했다. 나물 캐고 멱 감으며,
주일학교 어린이 연극의 주인공을 맡는 착한 유신론자로

---

18) 최승자, 「우리는」 부분.

지냈다. "내 마음 속에서 언제까지나 아늑하고 따뜻하게, 푸르르게 살아 있을 장소와 시간이 있다면, 바로 내가 태어났던 그 마을, 그리고 거기서 살았던 시간들일 것이다"라고 그 시절을 시인은 소회한 적이 있다. 5학년이 다 되어서 서울로 전학을 갔다. 낯선 서울에서 시인은 "유년기의 고독 연습"을 하게 된다. 중학교 작문 시간에 선생님으로부터 칭찬을 들었던 기억, 책상 위에 펼쳐둔 낙서를 보고 외삼촌이 '너 시 썼구나' 하고 말해주었던 기억이 있다. 그 무렵, 조태일의 「봄」과 김준태의 시에 강렬한 인상을 받았다. 그 무렵, 여름방학을 외삼촌 집에서 지내던 시절에 물난리가 나서 아수라장이 되었을 때에 우리의 여고생 최승자는 한국문학전집 한 질을 주섬주섬 챙겨 안고 다락방으로 올라갔다고 한다. 수도여고 3학년 시절에는 『문학과지성』 창간호를 읽게 되었고, 장용학과 최인훈, 비트 제너레이션을 주도한 미국 작가 잭 케루악을 좋아했다. 1971년 고려대학교 독문학과에 입학을 하면서, 고대 문학회에 가입한다. 수업을 자주 빼먹고 문학회에서 살다시피 하며, 교지 『고대문화』 편집장을 하던 카리스마 넘치는 문학도였다.

"그녀는 군대도 가지 않으면서도 복학생들보다 학번이 빨랐고 그러나 졸업은 멀었"던, "쓰러져 가는 술집에 앉아 우리들의 강권에 못 이겨 노래를 부르게 되면, 언제나 그 노래라는 것은 〈새 신을 신고 뛰어보자, 팔짝. 머리가 하늘까지 닿겠네〉뿐이었던", "유치할 정도로 순진하고 아름다운 꿈을 지닌", "냉소적"이고도 "팽팽한 긴장감"으로 대학시절을 보냈다. 1975년, 동고동락하던 문학회 남학생이 간첩 혐의로 체포되었을 때, 훗날 시인의 등단작이 될 「이 時代의 사랑」을 쓰게 된다. (이후에 이 기억을 바탕으로 「197×년의 우리들의 사랑」을 다시 쓰게 된다.) 대학 화장실 벽에서 발견된 용공시 사건의 혐의자로 성북 경찰서의 블랙 리스트에 오르게 된 것도 이 무렵이었다. 24살의 최승자는 술 아니면 수면제를 먹고서야 잠이 들 수 있는 시절을 보내게 되는데, 이 시절에 썼던 시들이 첫 시집의 3부에 실려 있다. 갑작스런 학칙 변경으로 제적을 당하고, 1977년 26살의 그녀는 출판사 홍성사에 취직을 하여 번역 원고와 관련된 일을 하게 된다. 이때부터 최승자는 번역을 밥벌이로 삼기 시작한 셈이다. "몇 년간 회사에 다니면서 푹푹 썩"던 그 시절 1979년에 계간 『문학과지성』에 투고를 하여 시인이 되었고, 다니던 회사를 그만두었다. 1982년부터 1년 정도 학원사에 몸담기도 한다. 1983년에는 그의 어머니가 돌아가셨고, 그에 대하여 시인은 "어머니가 내게 남겨주고 간 유산이 있다면 그것은 내가 갖고 있었던 죽음의 관념 혹은 죽음의 감각을 산산이 깨뜨려 주고 나로 하여금 이 일회적인 삶을 똑바로 직시할 수 있게끔 해주었고, 그와 더불어 살아야 한다는, 잘 살아야 한다는 당위성과 용기와 각오를 갖게 해준" 계

기라고 말했다. 이듬해 1984년에 두번째 시집 『즐거운 日記』를 출간했고, 그 이듬해 1985년부터 2년간 『건설협회 40년사』를 쓰는 일로 밥벌이를 삼는다. 1년 정도 최승자라는 이름 대신에 '최명'이라는 가명으로 시를 발표한 적도 있었다. 최승자 또는 최승자의 시를 버리기 위해서였다. '최승자 표' 시와 글을 기대했던 지면으로부터 용납되지 않았기에 다시 최승자로 돌아가게 된다. 이를 두고 시인은 "최승자에게 졌다"라고 표현했다. 그리고 1989년에 세번째 시집 『기억의 집』이 출간된다. 시를 쓰지 않으려는 결심과 쓸 수밖에 없었던 갈등이 유난했던 시절들의 시를 모은 것이다.[19] 이후 시인은 질병과 싸우면서 번역으로 생계를 유지하면서 꾸준히 시를 써왔다.[20]

---

19) 유년기 청년기 시절은 최승자의 산문집 『한 게으른 시인의 이야기』 (책세상, 1989)를, 대학시절은 이남호의 「진실의 추한 모습」(『문학의 위족 1─시론』, 민음사, 1990)을, 직장생활과 등단 무렵부터는 이상희의 「사랑과 죽음의 전문가」(『현대시세계』 1991년 봄호)를 참고하여 재구성했다.

20) 시집 『내 무덤, 푸르고』(문학과지성사, 1993), 『연인들』(문학동네, 1999), 『쓸쓸해서 머나먼』(문학과지성사, 2010), 『물 위에 씌어진』(천년의시작, 2011)과, 시선집 『내게 새를 가르쳐 주시겠어요』(문학과 비평사, 1989), 『주변인의 초상』(미래사, 1991)과, 산문집 『한 게으른 시인의 이야기』(책세상, 1989), 『어떤 나무들은 ─ 아이오와 일기』(세계사, 1995)를 출간한 바 있다. 번역서로는 홍성사 시절의 『울어라 사랑하는 조국이여』(엘런 페이튼, 홍성사, 1983)를 비롯하여 『죽음의 엘레지』(빈센트 밀레이, 청하, 1988), 『워터멜론 슈가에서』(리차드 브라우티건, 민미디어, 1995; 비채, 2007), 『아홉 가지 이야기』(제롬 데이비드 샐린저, 문학동네, 2004), 『자살의 연구』(알프레드 알바레즈, 청하, 1992), 『짜라투스트

지난해 겨울, 대산문학상 시상식이 있던 날, 뒤풀이를 끝내고 포항으로 다시 내려가는 최승자를 배웅하며, 나는 그 가냘픈 어깨에 얹었던 손을 다시 거둬들였다. 허공에 뜬 가랑잎을 쥐는 것만 같아 힘주어 붙잡을 수 없었다. 이 욕망의 거리에서, 아무것도 쌓아 둔 것이 없고, 아무것도 기대하는 것이 없는 사람만이 마침내 그 슬픈 어깨를 얻는다고 해야 할까. 끌어안기조차 어려운 이 어깨, 그러나 어쩌면 우리가 마지막 기대야 할 어깨가 거기 있을지도 모르겠다.[21]

  이 짧은 연대기를 이 시집의 발문란에 다시 적어보는 이유는 우리가 잘 알고 있던 최승자를 좀더 잘 알기 위해서이기도 하지만, 최승자의 시원을 되짚어봄으로써 너무 멀리 흘러가버린 듯한 지금의 최승자를 조금 더 우리 곁에 붙잡아두고 싶기 때문이다.

  최승자의 이 여덟번째 시집에 실린 '작품'에서, 우리가

라는 이렇게 말했다』(프리드리히 니체, 학원사, 1994), 『중독보다 강한』(디팩 초프라, 북하우스, 2004), 『학교에서 가르쳐주지 않은 일곱 가지 지혜』(디팩 초프라, 북하우스, 2004), 『침묵의 세계』(막스 피카르트, 까치글방, 1999), 『자스민』(바라티 무커르지, 문학동네, 1997), 『상징의 비밀』(데이비드 폰태너, 문학동네, 1999), 『혼자 산다는 것』(메이 사튼, 까치글방, 1999), 『빈센트, 빈센트, 빈센트 반 고흐』(어빙 스톤, 까치글방, 1996), 『굶기의 예술』(폴 오스터, 문학동네, 1999)을 출간했다.

21) 황현산, 「말과 감각의 경제학」, 『물 위에 씌어진』 해설, p. 77.

반갑고 놀라운 경험을 또다시 겪게 될 가능성은 희박할지도 모르겠다. 하지만, 이렇게 살아왔고 또다시 이렇게 살아가야 할 한 시인의 근황으로 도착한 이 '시집'에 대해서라면, 우리는 기묘한 반가움과 놀라움으로 마주할 수밖에 없을 것이다. 『이 時代의 사랑』에서 여성이 주체로서 탄생하는 고통스러운 장관을 처음 목격했던 것을 되새겨볼 때, 지금 이 시집에서는 아마도 그것보다 더한 고통스러운 장관을 목격하게 될 수도 있을 것이다. 『물 위에 쓰어진』의 해설에서 황현산은 "독기가 확실하게 제거되"어 있고, "명사문이 아닌 문장들도 명사문처럼 보"이는 지금의 최승자의 시작법을 두고서, "관념적인 것과 실제적인 것이 구별이 없어진 어떤 체험이 있었다고 오히려 말해야 할 것이다"라 했다. "그는 마치 이 세계가 멸망한 다음날 아침 그 문명의 잔해들을 바라보고 있는 것처럼 이 세상을 바라보고 있다"고 했다. "그는 외딴 섬에 조난당한 사람이 마지막 빵을 조금씩 아껴서 떼어 먹듯이 말한다"고 했다. "우리에게 돌아온 최승자를 이해한다는 것은 뼈만 남은 이 가난한 언어 속에 자주 등장하는 '존재'라는 말을 이해하는 일이 된다"고도 했다. 이 여덟번째 시집도 같은 맥락에 있다. 파국의 파토스가 문학의 귀결점이라는 사실에 그 많은 시인들이 동의해왔으면서도, 한편으로는 파국의 파토스를 끝까지 수행해온 시인을 우리는 목격해본 적이 없다. 최승자는 끝까지 살아남아, 이

길에서 이탈하지 않은 유일한 시인이 되어 있다. "그가 겪은 정신적 위기는 개인적 위기이기만 한 것이 아니라 이 땅의 시가 멀지 않아 감당해야 할 위기이기도"[22] 하다는 걸, 우리는 최승자의 곁에서 예감할 수 있다.

최승자의 시세계를 부정의 시학 또는 비극의 시학으로 읽는 것은, 방법적 부정과 방법적 비극으로 읽는 것은, 비천한 시어와 비천한 주체의 카니발로 읽는 것은, 추한 현실을 지독한 직시로 보여주었다고 읽는 것은 대부분 정당하지만 부분적으로는 부당하다. 부정과 비극이, 비천함과 추함과 독함이 어떤 원리에 의해 작동되었으며 어떤 예감에 의해 추동되었는지, 지금에 와서야 실마리가 제대로 보이는 까닭이다. 최승자만의 혹독한 예감이 리얼리티가 되어 있는 지금, 최승자가 '아픈 자'라면 우리는 '병들었지만 아프지 않은 자'[23]라고 표현해야 옳지 않을까. 최승자가 혹독한 예감에 시달리는 예민하고 건강한 시인이었고 자신의 상태에 대한 자각이 누구보다 정확했고 지금도 그러하다는 것을 받아들인다면, 지금의 우리는 도대체 누구일까.

　만장하신 여러분

22) 황현산, 같은 글, p. 80.
23) 이성복, 「그 날」, 『뒹구는 돌은 언제 잠 깨는가』, 문학과지성사, 1980, p. 63.

나를 죽이고 싶어 환장하신 여러분

오늘 내가 죽는 쇼는 이것으로 끝입니다.

십년 후 똑같은 시각에

똑같은 염통을 달고

이 장소로 나와 주십시오.

　　　　　　　　　　　　　—「無題 2」부분[24]

　위의 시에서 상정한 10년 후는 대략 1994년이었다. 최
승자는 "죽는 쇼"를 그때 끝냈을지도 모르겠다. 이미 한
번 죽고 다시 살아나서 가까스로 시를 쓰며 연명해왔을
지도 모르겠다. 연명이라는 말에도 최승자에게 가혹한
요청을 하고 싶다는 욕망이 담긴 것 같아서 고쳐 적어본
다. 최승자는 자주 아프지만 자주 회복했고, 회복할 때
마다 시집을 출간해왔다. 어쩌면 시집 출간을 준비하면
서 비로소 회복되어갔는지도 모른다. 지금으로부터 다시
"십년 후 똑같은 시각에/똑같은 염통을 달고/이 장소로"
우리들이 나간다면, 최승자와 거의 비슷한 모습을 하고
있을지도 모르겠다. 적어도 우리가 더 이상 죄 짓기를 거
절하고, 최승자처럼 차라리 아프기를 각오한다면 말이다.
최승자는 "우리가 천사처럼 보이지 않는 것은/세상 환영
에 속아 살고 있기 때문이다"라 말하고 있다. "우리는 人

24) 『즐거운 日記』, p. 82.

도 아니고 間도 아니다"(「우리는」)라고 말하고 있다. 우리는 어떻게 살아가야 할까. 어떻게 살아야 人이 될 수 있고 詩가 될 수 있을까. ▨